桐涼し

句集——小澤久彌

はじめに

私はこの歳になるまで、俳句を作ることが人生の一部であるかのように過ごして来たが、これまでに作った自分の俳句を眺めていると、その頃の人生の一瞬一瞬の光景が目の前に浮かび上り、何とも云えない懐かしい想いに浸ることがある。

このように私が俳句と共に人生を歩む事が出来た始まりは、やはり何といっても、少年時代、東京郊外の千歳烏山という人里離れた山の中で過ごしながら、そして又、詩歌の優れた母方の叔父様に「俳句の心」を教えて戴いた御蔭であろうと思う。

又社会に出てからも、行く先々で尊敬する俳句の先生にお逢い出来た事も、私にとって何よりも幸せな事であった。

その第一歩は、昭和二十二年当時の雑誌「生活文化」の俳句欄に応募した私の俳句が、「ホトトギス」の有名な山口青邨先生選の第一席に選ばれた事である。

そしてその後昭和三十年には、俳句会で御一緒した事が縁で、当時の大成建設株式会社の清水一部長の暖かい御恩情の御蔭で、大成建設株式会社に入社し又「とんぼ句会」

にも入会して、その後永い間「ホトトギス」の富安風生先生の御指導を受ける事になるのである。

昭和五十七年に私は大成建設株式会社を定年で退職するが、退社後も、同社の親切な友人の御誘いでその頃横浜支店で行われていた「麦の芽句会」に入れて戴き、今度は高浜虚子先生の六女である上野章子先生に師事する事になる。

上野章子先生は高浜虚子先生の末子という事もあり、その俳句の芸風は無邪気そのもの、まさに天衣無縫であった。

「麦の芽句会」は平成五年まで続き閉会になるが、その後は私が住んでいた川崎市麻生区で地元の俳句会に入り、地元で有名な山岸吟月先生の御指導を受ける事になったが、私の俳句を良く御理解戴き楽しい句会を過す事が出来た。

此のように私の人生に於いて、俳句を途切れる事なく続けて来られた事に対して、私は心から感謝している。

目次

第一章

千歳烏山の自然と共に過した私の人生の始まり（馬場はる　叔母様）

東京の郊外に千歳烏山という所があるが、私はここで少年時代を過した懐かしい思い出がある。

新宿から私鉄の京王電車に乗り僅か三〇分位の所であったが、当時は東京の一部とはとても思えない程閑静な、正に農村のような所であったと記憶している。

実はここに私の父方の叔母の馬場はる様の別荘があったのである。

馬場はる様は富山県下新川郡朝日町の小澤家から、富山県の西方の東岩瀬町にある、有名な北前船問屋にお嫁に行かれた方であるが、生前に旧制の富山高等学校を創設する等の社会的な貢献により、富山市より名誉市民に推薦された方である。

別荘の土地の広さは二万一千坪と今でも覚えているが、真中に広い芝生のある、そしてその周囲を林に囲まれた、正に別天地のような所であった。

私の父は此の別荘の総合的な管理を任されて、私達家族一同は此の土地の一隅に住むことになったのである。

その頃私はまだ小学校五年生であったが、私の友達は周りの林で日夜囀る小鳥達と、蝉の啼き声、そして林の中に飼っていた鶏舎の鶏という可愛い動物達位であった。

又当時は電気だけは来ていたが、水道もガスもまだ引かれてない時代であったので、私の仕事は井戸の水汲みと、燃料の薪割りという実に素朴なものであった。

そしてお風呂は今ではとても考えられない、鉄のお釜のような五右衛門風呂であったのである。

又今でも覚えているが、私は林間に自分で手製の勉強机を作り、朝早く起き、小鳥の声を聞きながら勉強した思い出がある。

深い林の中なので、誰にも聞かれる心配がなく、大きな声を張り上げて勉強に励んだ懐かしい記憶である。

然し此のように少年時代を自然と共に過した事が、私のその後の人生に於いて俳句を楽しみながら一生を過ごす事になる、正にその原点になったのであろうと思い、今つくづくと当時を偲びながら感謝の気持ちで一杯である。

千歳烏山のもう一つの思い出は、此の馬場家の別荘を設計した建築家の吉田鉄郎先生にお逢い出来たことである。

吉田鉄郎先生は馬場はる様と同じ富山県出身の、そして郵政省の建築技士であったが、昭和八年に日本を訪れた世界的に有名な建築家であるブルーノ・タウト氏に絶賛された、日本の建築家の一人である。

その頃私はまだ少年であったが、此の美しい、そして堂々たる別荘を日夜眺めているうちに、此の建物を設計した吉田鉄郎という建築家に憧れを抱くようになり、将来建築の道へと進んでゆく事になるのである。

此のように千歳烏山という所は、正に私の人生に於ける、色々な意味での原点であり、今でも懐かしい思いで一杯である。

馬場はる（叔母様）

小澤英三（父）

馬場家の別荘（千歳烏山）

吉田鉄郎先生

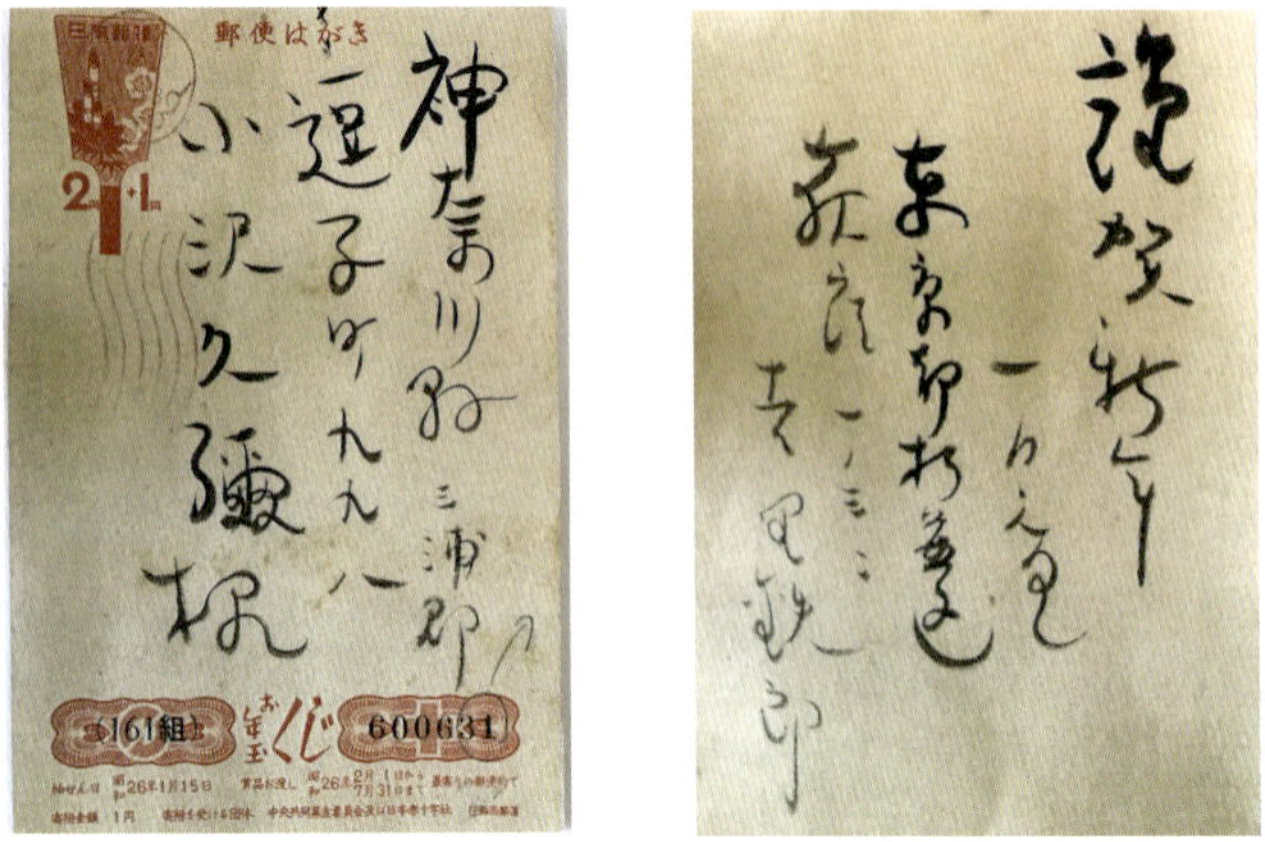

吉田鉄郎先生から頂いた年賀状（昭和 26 年元旦）

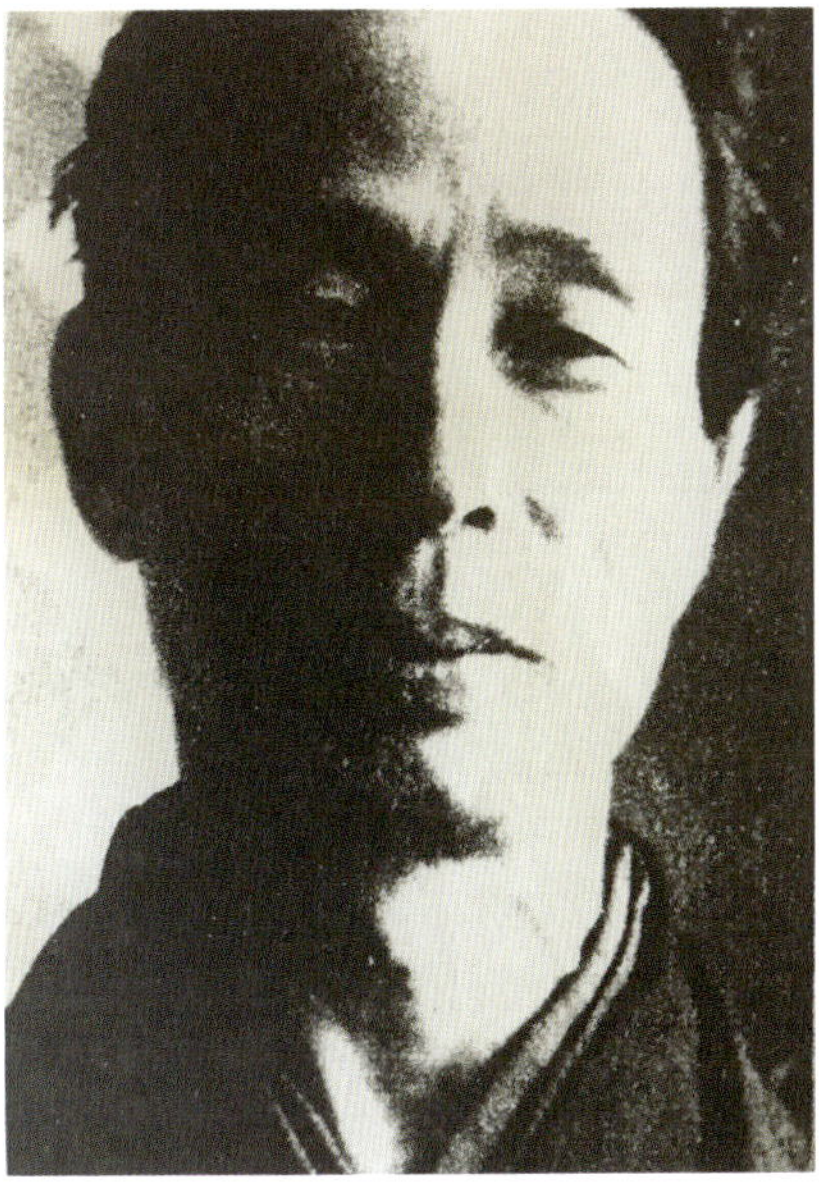

久和 与作（叔父様）

小澤 信子（母）

小澤信治（弟）
久和総一郎（長男） 久和綾子（長女）

久和総一郎と 久和綾子は久和与作叔父様の子供であるが、小さい時に母親が亡くなったので、お互いに助け合い、そして仲の良い兄妹であった。又私と私の弟の信治もこの二人とは兄姉のように親しく、そして仲が良かった。

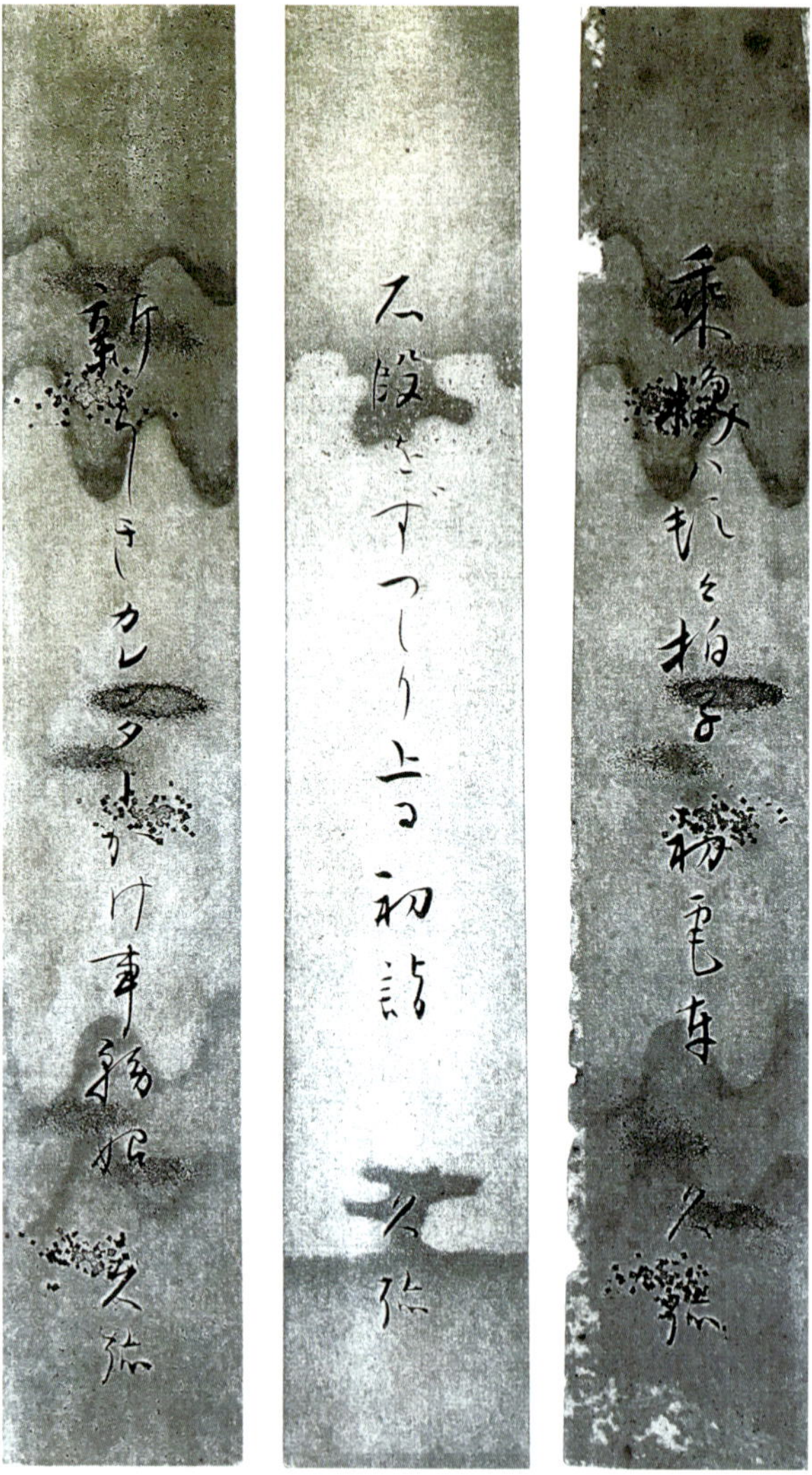

久和与作叔父様が短冊に書いて下さった
小澤久彌の少年時代の俳句

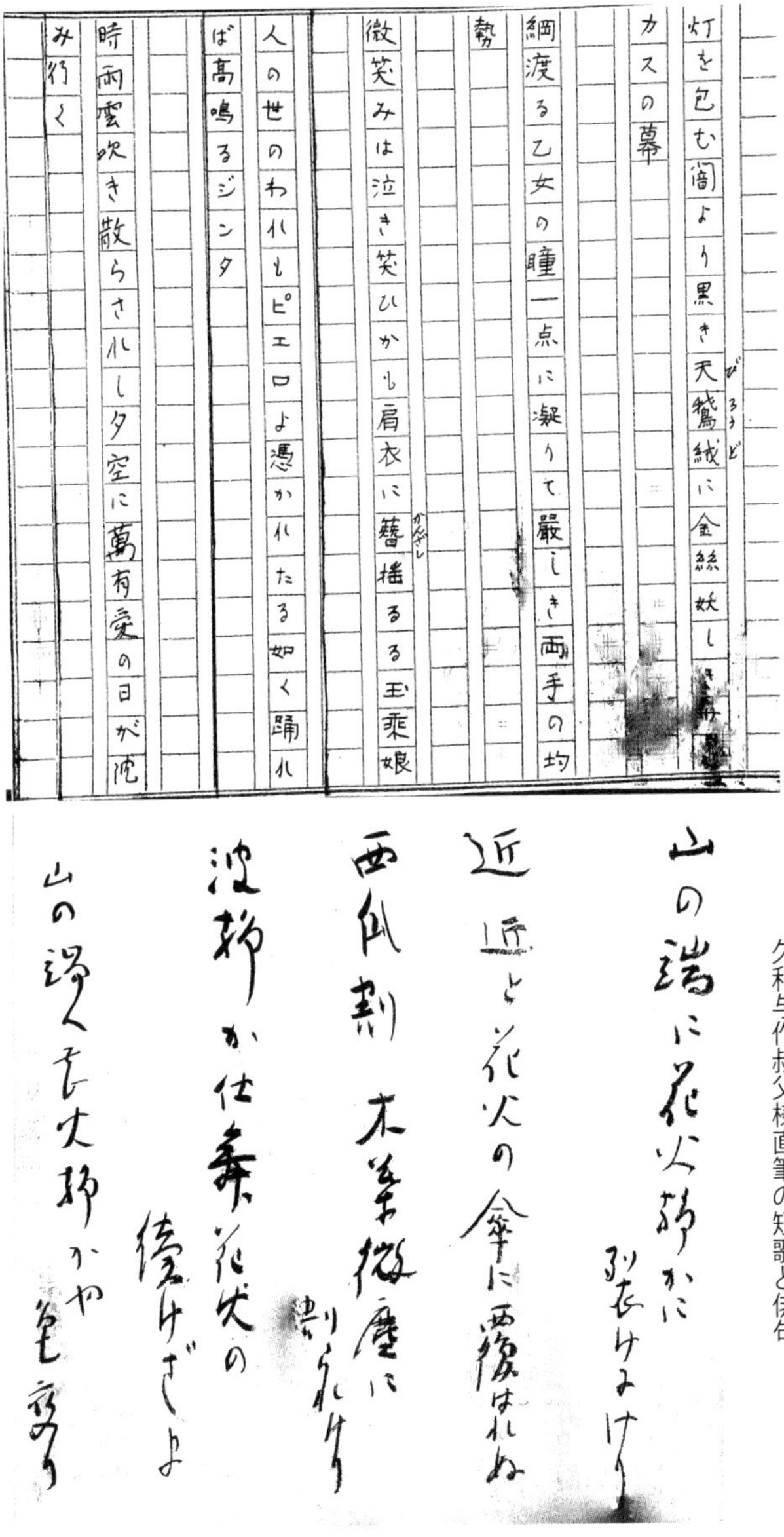

灯を包む闇より黒き天鵞絨《びろうど》に金絲妖し
カスの幕
綱渡る乙女の瞳一点に凝りて厳しき両手の均
勢
微笑みは泣き笑ひかも肩衣に簪《かんざし》揺るる玉乗娘
人の世のわれもピエロよ憑かれたる如く踊れ
ば高鳴るジンタ
時雨雲吹き散らされし夕空に萬有愛の日が沈
み行く

久和与作叔父様直筆の短歌と俳句

昭和 11 年頃の私の家族（千歳烏山）

第二章

生まれた時からすぐそばに詩歌の先生がいらっしゃった。

（久和与作　叔父様）

又私の母方にも、私の人生を幸せに導いて下さった方がいらっしゃった。

その方は母の弟の久和与作という叔父様であるが、此の方は正に詩歌の神様のようなお方であった。母とは姉と弟、二人だけの姉弟であったので、私の子供の頃は常に私達のそばにいらっしゃったように記憶している。

お逢いすると気軽に、「久ちゃん、何でもいいから作ってごらん。」と云われるので調子に乗って自分の俳句をお見せすると、「それでいいんだよ久ちゃん。それで立派な俳句になっているよ。」と私を褒めながら、美しい短冊に達筆で書いて下さるので、私は正に有頂天になってしまったのである。

叔父様に褒められた俳句の短冊は今でも保存しているが、私の大切な宝物になっている。

乗換は頓々拍子初電車

石段をずっしり上る初詣

新しきカレンダーかけ事務始

叔父様は東京の浅草橋の問屋街で歯科医院を経営しておられたので、詩歌の題材は下町風のものが多く、浅草の踊り子等の興味深い短歌を良く作られたものである。又逆に、叔父様は私達の千歳烏山に訪ねて来られた時の印象を、良く短歌に詠われた。

多摩川の丘に建ちたる叔母の家夏の茂りに低くなりけり

新宿の賑わひ抜けて多摩川の野の路行けば若葉青しも

此の二句は今でも忘れる事の出来ない思い出深い叔父様の短歌である。その後叔父様達は、昭和二十年の終戦後北鎌倉に移転されるので、叔父様の詩歌の題材は段々と変わってゆかれるのである。

久和与作叔父様の短歌

枯枝に鳥とどめし彼の杉も月日馴染めば他人《よそびと》ならず

路行けばあの木この石声かけてやあ寒いのにお出かけですか

とりわけて親しかるべき人間に選り好みありわが年にして

時雨雲吹きちらされし夕焼空萬有愛の日が左様なら

幾日待ちし鶏《とり》は卵を生みにけり時雨るる鶏舎に真白き卵を

久和与作叔父様の俳句

山吹の籬《まがき》を出でて祭かな

夏衣の青きを好む女かな

梅雨雲や馬上の祢《ね》宜《ぎ》の冠に

ほのぼのと襟足匂へ夏衣

甚平の片紐取れて何処へ行《いっ》た

朱色の京のみやげの扇かな

鮒ずしや京都へ向ふ終電車

ひそびそと子等集ひけり蟻地獄

ゴボゴボと梅雨の晴間の池の鯉

明け易き波にちらばり蛍烏賊

秋雨となりし軒端のすだれかな

秋深く聞き入る親の鼾かな

団栗の皮剥がれたる真白かな

あたたかや懸けつらねたる黄八丈

大仏の背窓開けたる寒さかな

遠足の子等大仏様を取囲み

観音に冬波遠く打返し

寒の夜の静寂《しじま》の底の犬の声

かにかくに春めく人獣魚介かな

入学の子の帽章を懐に

入学試験のベル鳴り出ずる浦の春

春昼の女がしゃべる電車かな
白麻の服一人立つ夜の駅

第三章

私の詩歌の始まり

私はこれまでに述べて来たように、少年時代を千歳烏山という正に別天地のような所に育ち、小学校と、更に旧制の中学校の五年間を過ごした後、昭和十七年、日米戦争の真最中に旧制の北海道大学予科に進学し、初めて北海道の札幌へと旅立つ事になる。

大学予科の恵迪寮で約二年間位を過ごした頃に、私は人生最大の危機に直面したのである。

当時は戦争の最中にあり、何かと不自由な私生活のなか食中毒を起こし、栄養失調から更に当時流行の肺浸潤という大病に罹り、止むを得ず大学を休学せざるを得ない状態に追い込まれてしまうのである。

その頃東京はアメリカ軍による空爆の真最中であり、帰るわけに行かず、止むを得ず大学の友人の実家で療養生活を送る事になるが、その実家は北海道の東方の、日高の浦安市に近い荻伏村という淋しい所であった。その友人の御両親の御親切な御世話と、又敗戦の為に逆に輸入されるようになった特効薬の御蔭で、病気は徐々に回復に向かい、約半年位の療養生活の後、漸く内地に帰れるようになったのである。

内地に帰り病気も殆んど快くなった頃、私は当時北鎌倉に住んでいた姉の親戚の方で、逗子の町で、近くの米軍駐屯地の兵隊とその家族を対象にクリーニング店を開業した方が居られて、その店のマネージャーの役を任される事になる。

気候の良い逗子の町でのんびりと過ごす中に病気もすっかり回復し、大学を休学していた私は又大学に戻りたいという気持ちに変わってゆくのである。

入学時は戦争中という事もあり機械工学を専攻したが、戦後は社会状況も大分変わり、復興の為建築工学の必要性に関心が移り、又少年の頃に千歳烏山で御会いした建築家の吉田鉄郎先生が、その頃隅々日本大学の工学部建築科で教鞭を取って居られたので、北海道大学から日本大学工学部建築科へ転入学する事になってゆくのである。

大学での吉田鉄郎先生の建築に対する精神は、先ず「奇を衒《てら》わず平明である事」。そして良く云われたのは、「建築とは先ず柱があり、次に梁があり、そしてその間に壁があり、その壁の中に窓がある。」という御言葉であった。

私は此の御言葉を大切にしながら昭和二十六年に大学を卒業し、先生が千歳烏山に設計された別荘を建設した島藤建設株式会社に初めて入社して行く事になる。

従って私の詩歌は、北海道の萩伏村で療養していた頃に作った短歌から始まる。

短歌

昭和二十年頃

たらちねのふみ読む病に臥す吾は知らず知らずに涙こぼるる

日高嶺《ね》の波音聞きつつ朝毎に牧草踏みてミルク取りに行く

日高国《ひだかのくに》初めてぞ来し朝出れば河原の牧地に魚の飛び立つ

たらちねは臥す吾思ひて送りけり滋養物食えと五十円も

故郷の森山川に敵機奴《め》の爆弾散れりとふみ来たりけり

弟は吾が身思ひてふみ寄こす孝行尽せよ身体大事に

訪ね来し百姓爺やは髭白し吾が手較べて変らじ悲し

日高国《ひだかのくに》の蛙聞きつつ吾は臥す窓にあふるる夕闇吸いて

カンナ咲く母校をあとに戦場へ行きたる人を思い出しけり

俳句

昭和二十年

急に泣き静かに鳴きやむ蛙かな

立山や今夏雲に戯るる

虹立ちて柔き日差しの差しそめぬ

雨を吸ひだらりと垂るる糸瓜《へちま》かな

昭和二十一年

湯治客去りし銀河の土産店

黒々と雨後の幹あり秋日和

夜起きれば闇にただよう干大根

何処やらに鳥の鋭声《とごえ》や霜の朝

昭和二十二年

朝涼し船待つ人等《ら》みな新聞

山口青邨先生選の第一席に選ばれる「生活文化」五・六月合併号

音もなく朝は明けたり枯木立

昭和二十三年

種屋さん種を見つめて嬉しそう

雨あがり蛙の鳴くや夜の駅

縁台に将棋をさすや黒き腕

昭和二十四年

何処《いずこ》より人集まるや村祭

礼拝の今始まれりグラジオラス

礼拝の涼しき窓や海辺の教会

喧騒の明け今日も賑はふ海の氷室《むろ》

祭終り蝦《が》蟇《ま》鳴く夜に還りけり

夜の電車老婆の寝顔涼しげに

遠景に赤の色あり七五三

昭和二十五年

叔父と二人遊山《ゆさん》に出たり花の昼

春の海の遠景に滑る赤き吃水線

漁師町子供犬猫春の昼

午後の海色濃くなりぬ百日紅

北大予科恵迪寮（昭和 18 年）

松島　健（剣道部）
小澤久彌（剣道部）
石井寛輔（柔道部）
茨城県出身（柔道部）

北海道支笏湖畔の寮歌祭

雑誌「生活文化』
昭和 22 年 5,6 月合併号
山口青邨先生の「選後評」

山口青邨先生

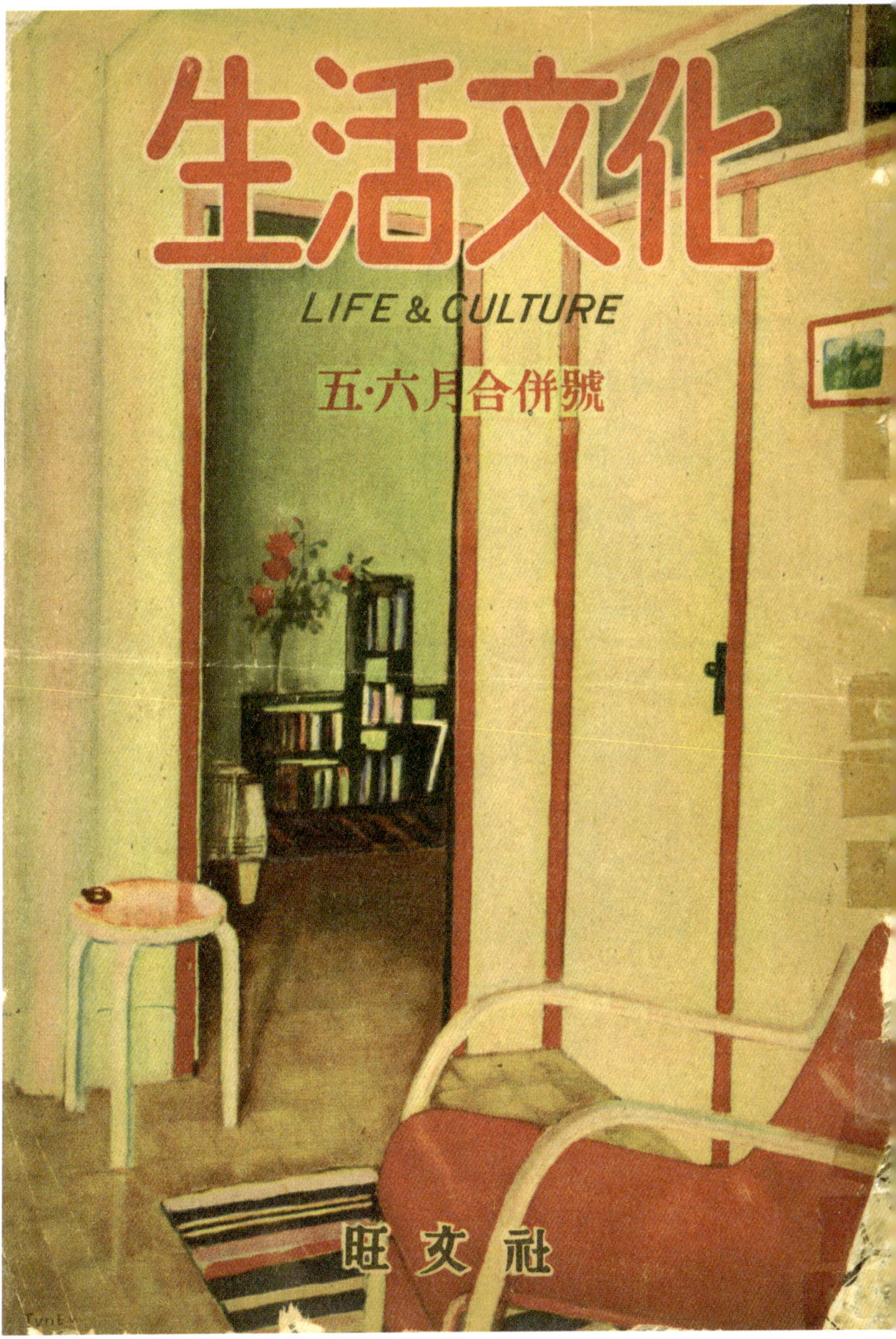
生活文化
LIFE & CULTURE
五·六月合併號
旺文社

俳句

山口青邨選

一席　東京　小澤久彌

朝涼し船待つ人等みな新聞

二席　奈良　中田隆子

猿蓑の表紙繕ひ桃青忌

三席　千葉　小澤つる女

勝氣なる母榾《ほた》くべて又夜業

秀逸　愛知　伊藤彌太郎

雪の日や書物書棚に重々し

〔選後評〕第一席、久彌氏の作。函館での作といふが、波止場らしい感じがよく出てゐる。殊に暑中ではあるが、朝のこと、まだ涼しい。殊に北海道とあつてはなほ涼しからう、みんな新聞をもつて讀んでゐるといふことが面白い。清新な作である。

第二席、隆子氏の作。十月十二日は芭蕉の忌日である。猿蓑は芭蕉七部集の一。その猿蓑集の表紙が長い間の愛玩に少し破れてゐる。けふは芭蕉の忌日だなアと芭蕉を偲びながら表紙の破れをつくろつたりするのであつた。少しわざとらしいところがないでもないが、別に嫌味もない。

和歌

窪田空穂選

一席

ふるさとに生きて還りて田作りの望みあらたに麥播くわれは　福岡　青木昇

二席

火を落す罐場の窓に映りたる灯のしづけさよ雪は降りつつ　秋田　黒澤三郎

三席

母牛の乳を搾れば寄り添ひて傍を離れぬ仔牛いとしき　鳥取　佐々木靖子

秀逸

子を抱へいのちおびえて生きをればはげしきものゝわが胸に滿つ　廣島　原應治

ためらはず幼子に頰を寄せにけり心おそれし病の癒えて　靜岡　戸塚順治郎

ひき潮にややあらはるる岩々の海苔の青さに春の匂ひす　愛知　千賀文男

山裴に雪は殘れり春陽さす牧場に繫く牛を放てり　鳥取　前田清治

歸り來て竈の小床にわれ入りぬこの寂しさに堪へて生きなむ　鳥取　佐々木達緒

吊り干せる簷べの柿に白き粉の噴きまさりつつ冬深みけり　兵庫　藤井富美子

無職の二字大きく配給申請書に書込みにけり引揚者われは　福島　鈴木三郎

芹の香の靑くかなしき野の匂ひありしまどゐは永遠《とは》にかへらず　三重　加藤靜美子

春日さす窓べに母が爪を切るかすかに鋏の鈴鳴りながら　大阪　岡正治

生命一つ絲にまかせて降りて來し蜘蛛の技をば歎しみて見つ　長野　田中節子

佳作

小春日の街のはろかの小さき窓いちにち吾に開く親しさ　青森　奈良実佐

あけぼのゝ野良にいできて老いぬれどいのちのかぎりわれは働く　和歌山　田中亘圃

ゼネストの中止報告いたいたしめしひの友も涙して聽く　鳥取　佐々木道夫

此の山の送電塔にあたる風ひねもす聞きて薪を伐るなり　長野　溝口欽一

この今の悲しきわれの身に沁みて月にせゝらぐ水のまぶしさ　栃木　酒井瑞枝

おのが守る機械の動き調子よく心安らぐ朝の工場に　名古屋　春田いさむ

桑肥を手につけしめ葬をする家裏を靜かに過ぎぬ　長野　土屋若竹

こがらしにガラス戸の音しげき日は病にふせる友を見舞はむ　東京　山田さなへ

水仙の花一つ咲く窓開けて働く髪を小さく結へり　埼玉　保泉一生

づけづけと我に物言ふ妻みれば吾らが世帶年古りにけり　靜岡　中村伊智郎

〔選後評〕青木君の歌、戰後の生活感情が若い復員者の立場から歌はれてゐる。柔かさと力強さとを併せ持つてゐる歌だ。感情の揃らいでゐるところがこゝろよい。

黑澤君の歌、鐵道工場の職場に、歌を發見しようと努力精進してゐる作者の作で心持に餘裕をもつて靜かに現實に對してゐる態度をいゝと思ふ。

佐々木さんの歌、素直な感性と温い心とを持つて歌はれた作で、幼いけれどこゝろよい。

俳句

山口青邨選

一席

朝涼し船待つ人等みな新聞　東京　小澤久彌

二席

猿蓑の表紙繕ひ桃靑忌　奈良　中田隆子

三席

勝氣なる母榾《ほた》くべて又夜業　千葉　小澤つる女

秀逸

雪の日や書物書棚に重々し　愛知　伊藤彌太郎

初風や米艦の向きまちまちに　鹿兒島　田中太郎

厩舉の間出でて雪積む松を見る　鳥取　山縣好子

讀み耽る小諸雜記や置炬燵　東京　齋木文四郎

雨靄を一日さゝへぬ花八つ手　神奈川　小山忠七

枯枝に提灯吊し墓を掘る　埼玉　伴順之助

貨車くろく月の樹氷にさしかゝる　秋田　黑澤三郎

春淺き艫《とも》すりよせて川の舟　東京　宮本實

冬晴や運河に船の影深く　鳥取　佐々木達緒

花うらゝ絶えず煙吐く櫻島　鹿兒島　陽月峯柳

佳作

塀長くところどころに梅を吐き　福岡　鈴木油山

我が思ひつゝんでくれし布團かな　愛知　鍔本瑞夢

今日の帶しめてもらうて初鏡　埼玉　内海順子

美しき星座かゝげぬ樹氷林　福岡　青木昇

水仙のしづけさに在れば海光る　和歌山　田中亘圃

寒き日や親と代りし渡守　山梨　篠原幸雄

春寒し山風どつと戸に應ふ　埼玉　保泉一生

霰の苦もありて庭廣し　神奈川　中川市之助

母小さく坐せる日向や多の蠅　岩手　安倍靑龍子

松の上に寒月のある社かな　京都　堀部泰雄

〔選後評〕第一席、久彌氏の作。兩館での作といふが、波止場らしい感じがよく出てゐる。暑中ではあるが、朝のこと、まだ涼しい。殊に北海道とあつてはなほ涼しからう、みんな新聞をもつて讀んでゐるといふことが面白い。淸新な作である。

第二席、隆子氏の作。十月十二日は芭蕉の忌日である。猿蓑は芭蕉七部集の一。その猿蓑集の表紙が長い間の愛玩に少し破れてゐる。けふは芭蕉の忌日だなアと芭蕉を偲びながら表紙の破れをつくろつたりするのであつた。少しわざとらしいところがないでもないが、別に嫌味もない。

第三席、つる女氏の作。このまゝの句で說明も要すまい。けなげなお母さんの仕事ぶりをゆかしく想像する。卒直素朴に詠んだところがよい。

昭和 24 年頃、私の病気が殆ど回復したので、熱海の別荘に馬場はる叔母様をお訪ねしたら、小鼓を叩いて歓迎してくださった。

馬場はる叔母様
（熱海の別荘）

第四章

島藤建設株式会社に就職　(八木岬人設計部長)

島藤建設株式会社は会社としてはそれ程大きい方では無かったが、島田 藤社長が当時の建設業界では大変に人望の厚い御方であった為に、会社は東京有楽町の建築会館の中にあって、私はその建築設計部の一員として配属される事になる。

建築設計部の八木岬人部長が俳句に達者な人であったので、入社後間もなく俳句会が始まり、私も参加する事になった。

又その頃、業界大手の大成建設株式会社の本社も直ぐ近くの銀座にあったので、何かと会社同士の交流があったようである。

当時大成建設株式会社では、富安風生先生の下で歴史ある「とんぼ句会」が行われていて、建築設計部の清水 一部長が幹事役を務めて居られていたが、近くの島藤建設株式会社の方にもお誘いがあり、島藤建設株式会社設計部の殆ど全員がそれに参加し、私もその一人として俳句を楽しませて貰った。

私が入社してから三、四年平穏に会社生活を過ごしたが、昭和三十年頃であったろうか、突然、島藤建設株式会社に非常事態が発生するのである。

島藤建設株式会社が、その頃業界でも危険視されていた沖縄の建築工事に手を延ばし、それが失敗に終わり、会社破産という事態に追い込まれて行くことになる。

然し業界の同情もあり、島藤建設株式会社の社員全員を業界大手の鹿島建設株式会社と大成建設株式会社の二社が引き取って下さる事になり、清水一部長と御一緒に俳句を楽しんでいた、島藤建設株式会社の設計部の全員が大成建設株式会社の設計部に入社が決まり、私もその一人として、大成建設株式会社設計部に転入させて貰ったのである。

大成建設株式会社
清水　一 設計部長

富安 風生 先生
「とんぼ句会の選者」

島藤建設株式会社
八木岬人設計部長

中村草田男 先生
東京新聞の「東京俳壇」の選者

大成建設株式会社
札幌支店　樋口次男課長

昭和二十六年

秋晴の運動会場に到着す

秋晴や母と一緒に祖母の家

デパートは七五三にて赤の色

千歳飴大きく髪に赤リボン

小春日の大仏を中に一休

大仏に写真撮り合ふ小春かな

様々な人今日の大仏小春かな

小春日の大仏に撮る一家族

静寂な小春の空に飛行雲

バスの中は女子《おなご》鮮か七五三

試験待つ丘の上なる冬木立

武蔵野の母校の庭の冬木立

昭和二十七年

白封筒春の日差しに切手貼る

春化粧鎌倉駅の蛍光灯

自家用車居並ぶ花の八幡宮

山門を蝶々くぐり抜け行けり

本堂へ蝶の舞ひゆく道長し

出勤の我が家の門の朝桜

桜咲く大船駅の大観音

双つ蝶桜の中にかくれけり

浴衣着て孫集まれり祖母の家

浴衣着て灯の下の話かな

昭和二十八年

蚊帳吊れば蟷螂《とうろう》長押《なげし》にあらわるる　特選（とんぼ）

冷ややかや出勤までの足袋をはく

昭和二十九年

草萌の対岸の声遠く近く　特選（とんぼ）

草萌の季の廻りくるベンチかな　特選（とんぼ）

カーブして雪間の原を機関車ゆく

帰りぎわに一寸見えたる雛の部屋

特選（とんぼ）

底浅く甘茶の杓の音のする

甘茶仏乾くひまなく光りけり

無造作に腰で椅子引く薄暑かな

年暮やつまらなそうにヨーヨー売る

特選（清水一）

肩掛けをして歳晩の占師

特選（清水一）

昭和三十年

春を待つ足下に鳩の寄り来たる　特選（清水一）

春を待つベンチの隣に人来たる　特選（清水一）

白魚の桶の周りの少し濡れし　特選（清水一）

雛あられ残りを口に投げ入れる

井戸替への水流れゆき春探し　雑誌（若葉）

縦縞の細き袋の新茶かな
雑誌（若葉）

何気なく新茶袋をとじたるのみ
雑誌（若葉）

包装は軽くねじりて新茶かな
雑誌（若葉）

第五章

とんぼ句会

（清水　一設計部長）

（富安風生先生）

昭和三十年、私達島藤建設株式会社設計部の全員が、幸せにも大成建設株式会社建築設計部に転入させて戴き、更に「とんぼ句会」にも入会し、俳句を楽しみながら会社生活を送る事になるが、「とんぼ句会」は昭和十五年に始まった歴史ある俳句会であり、俳句の先生は「ホトトギス」の富安風生先生であった。

「とんぼ句会」は錚々たる先輩達の御蔭で、ヒューマニズムに富み、そして俳句の傾向は一寸トリビアルというか、瑣末な生活の一瞬を捕らえる、少し風変わりな流れがあったが、私も段々とそれに馴染んでゆき、先生に「特選」を戴く事が、その頃の最大の喜びであるように思えたものである。

私は大成建設株式会社に入社後暫く本社設計部に勤務した後、昭和三十一年に大阪支店に転勤し、更に昭和三十八年に札幌支店へと転勤してゆくが、その勤務地から、東京本社の「とんぼ句会」に俳句を送って俳句生活を続けて行ったのである。

その頃本社の設計部に秋本不二春氏という俳句に熱心な先輩が居られて、私達が送った俳句を本社の「とんぼ句会」に参加させてくださり、又先生の選出が終わった後も、俳句会の結果について清書し、丁寧に送り返して下さったが、その御親切に対しては、今でも忘れる事の出来ない感謝の気持ちで一杯である。

又札幌支店では桶口次雄課長の下に配属されたが、詩歌を理解する風流な御方であったので、御一緒に俳句を楽しみながら仕事に励んだ事が今でも懐かしい思い出になっている。

昭和三十一年

夕虹の立ちて日曜終りけり

吊革に下がって思ふ年の暮

昭和三十二年

雨水の流るるを見て端居かな　（特選）

電柱の等間隔や豊《とよ》の秋　（特選）

電柱の斜めに立ちて豊《とよ》の秋

昭和三十三年

春山に迷ひ警察学校に入る　（特選）

大阪の蛇屋の窓の春灯　（特選）第一席

ピンポンの音聞えくる草若葉

葉書にてがんぼ外へ追ひだせり　（特選）

花莫蓙を売る名店街の一として　（特選）
花莫蓙に寝る酒好きな父なりし
地下街の飲屋の隣花莫蓙売る
新しきガス風呂わきぬ芭蕉の忌
ガス工事中断のまゝに初時雨
極月の指の手術のあと痛む　（特選）

極月の郵便局に手紙書く

昭和三十四年

松過ぎの巾《はば》広き地下道に出る　（特選）

糊の蓋ゆがみて固し四月馬鹿　（特選）

インク壜のインク少なし四月馬鹿

夏蜜柑の皮はミシンの上におく　（特選）

藤椅子の低きに坐り夏蜜柑

鶏が静かに歩く蜩鳴く　（特選）

蜩の鳴けば五右衛門の風呂沸きぬ　雑誌（若葉）

ビヤガーデンのレコード鳴れば秋めきぬ　雑誌（若葉）

下駄はいて鎧戸おろし秋めきぬ　雑誌（若葉）

夜業の間にゴルフの素振りしてみせる　（特選）

中庭をはさむ郵便局の夜業かな

ロッカーの把手光りて秋深し

ネオン塔しきりと廻り秋深し

昭和三十五年

鉄塔の下に水が溜りて春浅し（特選）

絨毯の毛のふんわりと日永かな

青芝に出てペンキ塗りの話をする

昭和三十六年

短日の市場の前の大焚火

短日の大組の障子白くして

短日の踏切少し高くして

昭和三十七年

眼帯をして立春の景を見る　（特選）

屋根尽きたるプラットホームの春灯

障子締めれば明るくなりぬ春灯

部屋の中アース線這ふ毛糸編む

毛糸編む何かの瓶にボタン入れ

昭和四十年

車庫の前少し汚れて水温む　（特選）

電柱が等間隔に水温む

第六章

どんぐり句会

（中村草田男先生）

（安藤のりを先生）

（井上宗雄先生）

昭和四十五年に私は大成建設株式会社の札幌支店から、本社の設計部に戻るが、その頃は「とんぼ句会」から「どんぐり句会」という会に変わっていた。

私は暫くは仕事が忙しくて俳句会には出席しないでいたが、偶々昭和五十三年に発行された会社の雑誌「たいせい」の俳句欄に応募したところ、安藤のりを先生選の「佳作」に選ばれて嬉しい思いをした事があった。

その頃「どんぐり句会」の幹事を務めていた方が、建築設計部設備課の田尻陸夫氏であったが、私もその会に入れて貰い御世話になる事になる。

「どんぐり句会」の先生は、昭和五十六年からは安藤のりを先生から井上宗雄先生に変わるが、興味深かったのは、此の「どんぐり句会」で入選した俳句を、更に東京新聞の「東京俳壇」に送り、有名な「ホトトギス」の中村草田男先生の選を受ける手続きを取って下さった事である。
「大成建設どんぐり句会」の肩書きで此の選に入る事が大変嬉しく、私は「どんぐり句会」に入会中に、私の七句を中村草田男先生の「入選」に採って戴いた事が懐しい思い出になっている。

昭和五十三年（安藤のりを先生）

打水の広き歩道の問屋街

（佳作）雑誌（たいせい）

昭和五十五年

公園の古き事務所の寒椿

乳母車静かに下る椿かな

春愁やバスゆっくりと曲がりたる

霞む日や空にジェット機もゆるゆると

（中村草田男）

バス降りれば母の家なり柿若葉

窓の景全部つながり夏めきぬ

ゴミ置場の掃除も終りしよ柿若葉

（中村草田男）

短夜やバイクの音のあちこちに

雨戸操《く》れば犬あくびして明易き

短夜や少し寝て又目覚めたる

豆腐屋の笛鳴りわたり梅雨の明け

犬小屋の裾濡れしまま梅雨の明け

勉強の窓辺に迫る夾竹桃

井戸の底に西瓜届きし音のする

それぞれに西瓜を持ちて大家族

踊場に着くと同時に踊り出す

秋晴の木曽川沿ひの発電所

むくむくと木曽の五木の秋の山

行秋の関所の跡に登りたり

秋山に鉄塔の列登りゆく

秋灯や創業古き漆器店

乗り換えて支線に入れば柿の里

（佳作）雑誌（たいせい）

秋灯や学習塾の広き窓

妻籠の宿に水車の音冷やか
（中村草田男）

短日気ぜはし雨戸きしみて締りけり
（中村草田男）

短日の門に飼犬迎えけり

人形を椅子に座らせ毛糸編む

舶来のストーブの火の青さかな

昭和五十六年　（井上宗雄先生）

物と人とバス一杯の年の暮

白菜の畑散らかりて春近し

松とれし超高層のビル高し

バスを待つ人夫々を向き春隣

春近き湾岸道路をうねりゆく

（中村草田男）

早春の納屋の扉の開《あ》きしまま　（中村草田男）

早春の梢に届く鳥居かな

土手よりも低き道ゆく犬ふぐり

エレベーターに音楽流れ暖かし

木々の芽や子犬しきりと外に吠え

暖かやビルの谷間の少しは濡れ　（中村草田男）

駅遅日《ちじつ》弁当うれば混雑す

遅き日や帰れば妻の友ゐたり

畳屋の仕事はかどり沈丁花

夜桜や子等の遊べる太鼓橋

踏切に待つひとときの若葉風

プラットホームの端に進めば若葉風

網戸少し汚れしままに夜の秋

階段の上り下りに百日紅

大現場見上ぐる空に小鳥散る

第七章

麦の芽句会（上野章子先生）

昭和五十七年に私は大成建設株式会社を定年退職し、四月に建築設計事務所の日本設計株式会社に転勤したが、暫くして、その頃大成建設株式会社横浜支店の建築設計部長を務めていた高田　威氏から、当時横浜支店で行われていた俳句会の「麦の芽句会」に入会しないかと御誘いがあった。

高田　威設計部長とは、大成建設株式会社の大阪支店、及び札幌支店と、お互いに子育ての時期を一緒に過した親しい仲であったので、私はその御誘いが非常に嬉しく、その俳句会に入れて戴く事になったのである。

「麦の芽会」の先生は上野章子という御方であったが、此の方は「ホトトギス」の高浜虚子先生の六女であり、又旦那様は「ホトトギス」の「新感覚派」として有名な上野泰先生という、名門の出の御方であった。

上野章子先生は昭和四十八年に御主人様を亡くされた後、俳誌「春潮」を主宰して来られた方であるが、毎月鎌倉の御自宅から横浜まで出て来られて、此の「麦の芽句会」で私達を御指導下さったのである。

私も此の句会に出席する事が大変に嬉しく、昭和六十一年の一月から毎月出席したが、此の句会の世話役を務められた、横浜支店の千野孝女様には大変にお世話になり、その並々ならぬ御努力に対して心から感謝申し上げたいと思う。

又時々上野章子先生が鎌倉佐介の御自宅に私達を招いて俳句会を開いて下さった事や、又鎌倉での吟行に御一緒して下さった事が、今でも忘れられない懐しい思い出でになっている。

段々と御年を召されて、平成五年十二月に上野章子先生の「麦の芽句会」は閉会したが、別れられない句友達が時々集まり、先生を偲びながらその後も句会を開いたものである。

その後間もなく先生もお亡くなりになり、今は鎌倉の寿福寺に、御父上様の高浜虚子先生や、御主人の上野　泰先生共々、静かに眠っていらっしゃるのである。

上野章子先生の俳句

やわらかし
小春日和の
向かい風

章子

福笹を
持てば
いろいろ
音がする

章子

上野章子先生は時々鎌倉佐介の御自宅に招いて下さり俳句会を開いて下さった。

鎌倉の吟行会

昭和六十一年

お飾を売る兄妹の小店かな

破魔弓を迷うことなく買ひにけり

春を待つ大川端の倉庫群

春の波一つ一つの光かな

たんぽぽや低き土橋を渡りたる

たんぽぽの駅前自転車置場かな

春一番またげば絡む新聞紙

平成二十九年十二月一日富山県早稲の香俳句会(特選)

三月の川ふくらみて光りたる

子育ても終へて花種蒔きをりぬ

耳すます名残りの雪の音もなき

春愁や犬大きければ尚更に

(特選)

椿餅売る店番は部屋の中

観覧車今見下ろせる花の山

はとバスの出発点の新樹かな

躑躅咲く吹き出すやうに緑から

釣堀の何処かで何か動きあり

夫婦して床屋稼業の熱帯魚

二三言《ふたみこと》交わして入る踊の輪

霧深き動物園の休園日

秋山に音なき滝の見えて来し

灯台へ小店続きて秋の海

鷺一羽おりたつ畦の曼珠沙華

かたまりて暖かそうな落葉かな

終バスの人のまばらに時雨かな

年老いて園丁一人落葉掻く

落葉掃き土産物屋も出て助《す》ける

落葉籠埋まるほどの落葉かな

昭和六十二年

貸しボート水に映《うつ》して春の川

雪残る伊豆の山々なだらかに
かたまりて黒き人波大試験
風花のバス止《とど》まればみえにけり
水牛の頭浮かべて水温む
春の野のビニールハウスふくらみて
欄干に鳥の運びし春の泥

ゴルファーの見えがくれして富士桜

花満開車一杯駐車場

学園の土手に蒔かれし黄水仙

暖かや垣根とび出す雪柳

開門を待つ園児等に新樹もゆ

学園の森のはずれの栗の花

バス降りて音なくなれば夏の月

家古《ふ》りて夾竹桃の育ちけり

新秋の夕焼映す小川かな

今年又従兄と会へり墓参かな

近づけば顔をそむける鹿の群

紐とけて冬菜畑に犬あそぶ

昭和六十三年

小型なるピアノの上の鏡餅

春の風邪親しき医者にまた掛り

春めくや寺めぐりする夫婦かな

下萌のベンチに眠るながながと

坪庭の椿落ちたる気配あり

春宵の話はずめる応接間

新樹かげバス連なりて夏の川

夏川を下る木曽路の水しぶき

薫風や眞下緑のロープウエイ

納屋にゆく道をふさぎて額の花

草取れば夕餉《ゆうげ》の準備始まりぬ

油させば音なく回る扇風機

明けやらぬ梅雨の信号交差点

梅雨明のビルの谷間のコンサート

ショーを見し秋灯の街ラスベガス

霧からむ金門橋の見えて来し

天の川海に浮かべるマンハッタン

久方に一家そろひて墓参り

秋刀魚《さんま》買う父と息子の夕餉かな

早朝に着きし墓参の日本海

鹿の目の離れゆく人追ひにけり

やり残す日曜大工秋の暮

訃報後の便り控へて秋の雨

水澄みて音なく回る水車かな

昭和六十四年（平成元年）

丸めたる形とけざる初暦

破魔矢おく場所の変らぬ今年また

下萌の私鉄の駅の待ち合わせ

春めくや猫階段を降りて来し

春雨の止めば夕日のビルの街

春雨や泥にまみれし工事かな

春雷の鳴り渡りたる大現場

近寄れば窓に春宵来てをりぬ

学園のチャペルの窓に春嵐

夏草に工事現場の始まれり

百合植えて百合の名前の私鉄駅

梅雨涼し団地公園人気なく

対岸の音なき花火次々と

ヴェネチアの海一面の星月夜

冷ややかや滝壺までの杉木立

塗り替へし橋桁映る秋の川

懐かしのメロディー流れ盆の梨

梨を売る街道筋の小店かな

冬仕度手伝わされし日曜日

タクシーの着く末枯《うらがれ》の駅裏に

文化の日ゴルフ日和となりにけり

アーケード途切れしところの夕時雨

ざわめきや雑木紅葉の遊園地

仏壇の横の障子を貼り替へし

どの家も灯ともりて年忘

平成二年

賀状書く準備終りて墨をする

良くはやる鮨屋のありて年の市

早春の橋桁映す川面かな

春を待つベンチ傾き人気なし

助手席に孫ひざに抱き暖かし

菜の花の土手を走れる私鉄かな

遅き日のパチンコ店の軍歌かな

渋滞の窓に見えたる草若葉

ブラインド風にゆらぎて夏来る

樟若葉飛行場への並木道

海見ゆるゴルフコースに夏来る

子の家族そろひて母の豆御飯

今年また実梅沢山もらえりと

蔦茂る門より出でて散歩かな

親燕飛びかう寮のバルコニー

夏山や栗林《りつりん》公園太鼓橋

片蔭に親しき人と出逢ひけり

朝涼や故郷までの切符買ひ

夕暮の故郷近き盆の海

帰省車や緑の山と赤い橋

工場の煙短かき秋の空

なだらかに街遥かなる葡萄園

バスを待つ前の住まいの秋桜

夜の街迷ひし角《かど》の秋祭

静かなる十一月の日暮れかな

黒々と十一月の河流る

車椅子静かに進む菊花展

いささかの思ひ出の街年忘れ

賀状書く机の上に花飾り

平成三年

孫を見に汽車に乗りたる二日かな

五十鈴川闇に流るる初詣

春寒や川波白く風強く

地下街の店に置かれしチューリップ

花吹雪《ふぶき》独身寮の日曜日

出前鮨とどきし門の桜かな

春光や小高き丘の観覧車

父の日を心にかけて嫁二人

朝涼し始発の駅に鳩遊ぶ

そそぎたるミルク沈みし冷し珈琲

梅雨明のビルの谷間の水溜り

近道の裏より入りて盆の寺

秋水を映して明《あか》しビルの壁

賑やかや息子家族と盆帰省

虫の音や異国の旅を終えし夜

秋の蚊の手足そろへて落ちにけり

店の中パンの光りて秋灯

トンネルの壁を照して秋灯

犬と人二組そろひ日向ぼこ

カーテンのレース透かして冬の鳥

平成四年

読初の歴史の本の黴びてをり

初詣小さき神社もそれなりに

春浅き軽井沢なるジャムの店

木の芽吹く庭木も太くなりにけり

ビル街に春雪舞へる窓の外

春雨や銀座通りの石だたみ

高速も終わりに近く山笑ふ

一休み安全地帯に春の風

深々と椅子に座れば春蚊かな

一斉に豪華に咲けるチューリップ

背中やや細身となりて秋立ちぬ

地下鉄の入口濡れし秋の雨

人まばら冬の湖畔のレストラン

冬晴の橋のアーチを映す川

九十九《つづら》折《おり》下る谷間の冬紅葉

植木屋のお茶つきあいて冬日和

直立でじっと見つめる菊花展

午後急に風荒れてきし冬木立《こだち》　（特選）

冬の海孤島に低き倉庫群

病院のどこの窓にも冬日射し

平成五年

句を習ひ年を重ねて初句会

工事場はまだ地下工事寒の雨

早春の海辺の駅に降り立てり

下萌の庭を残して師の逝けり

瀬戸内に浮かぶ小島の春の海

ロープウェイ瀬戸一望に春の海

船着くや鹿の迎へる瀬戸の島

若葉影映して川面緑なる

仏壇の前に置かれし白牡丹

賑やかな駅前通り樟《くす》若葉

建材の置かれしままや夏の草

やわらかき母の遺せし古浴衣

秋晴や庭師と話はずみけり

秋雨の石塀黒く濡れてをり

雪の影映して澄める秋の川

バスを待つ人夫々の冬日影

小春日やカーテン洗う日曜日

障子貼る母の教へに従ひて　（特選）

地に落ちて又舞ふ銀杏落葉かな

高台の銀杏落葉の団地かな

音立ててストーブ熱くなりにけり

平成五年十二月に上野章子先生の「麦の芽会」は終わったが、忘れられない句友達がその後も時々集まり句会を開いた。

平成六年

輪餅りの輪のふっくらと新しく

平成七年

孫生まる京都洛北桃の花

平成八年

伊豆の海小島浮かびて初茜

初夏のホテルの前の浅間山

林間を行けば新樹の軽井沢

ロマンスカー走る若葉の谷間《たにあい》を

薫風に揺れるポプラの並木道

雨あがり避暑地の夕べ賑わいて

避暑帰り車中の孫は眠りけり

夕暮れの避暑地の銀座通りかな

避暑に来て犬の挨拶乳母車

孫つれて西瓜を提げて嫁来たる

童歌《わらべうた》流るる車中墓参り

ブルージュの馬車休みをり秋の水

ロンドンの広き公園水澄めり

旅終えて成田に立てば秋の雨

平成九年

降る雪や犬の散歩の立ち話

日のあたるポストの中の年賀状

今年《こんねん》は小さき神社の破魔矢買う

賑わいて森もふくらむ初詣

老いてなお賀状ふえたる喜びよ

おむつしてVサインして初カメラ

生きること感謝々々の去年今年

滑り台人形すべらす孫の春

久しぶりにいいお湿りや春隣

平成十年

外人の笑顔もまじり運動会

平成十一年

ラベンダー丘に拡がる十勝岳

ラベンダー見下ろす富良野のホテルかな

平成十二年

鎌倉の蕎麦屋の二階初句会

見覚えのアナウンサーも初詣

連翹の咲くや始まる庭仕事

花水木今爛漫の並木道

平成十三年

章子忌や虚子と章子と上野泰《たい》

章子忌や虚子の教へをそのままに

連翹と仲良く咲ける雪柳

食べ物のガラ飛んでゆく春一番

大村や本場躑躅の花盛り

春潮や呼子の浜の烏賊料理

トンネルを出れば筍売りゐたり

リヤカーの筍売りの老爺かな

もくもくと湧き出るやうな樟若葉

秋の日の積み木のやうなビルの群

日溜まりに動かぬ円《まろ》き鳩一羽

ゴミの蓋に音たてて降る冬の雨

第八章

地元の俳句会

（山岸吟月先生）

平成五年に上野章子先生の「麦の芽句会」が閉会になった後暫く俳句会は途切れるが、平成十三年十月頃に、又その頃私が住んでいた川崎市麻生区の老人福祉センターで、「俳句講座」が始まり私も参加する事になった。

俳句の先生は、当時地元の俳誌「さざなみ会」の先生を務めて居られた、山岸吟月先生であった。又此の俳句講座は地元の高齢者を対象にしたものであったので、子供や孫を題材にした俳句が多く、私の家内も一時参加して一緒に楽しんだものである。

此の会も平成十六年に閉会し、又暫く俳句会は途切れるが、平成二十年に又山岸吟月先生の「若葉会」が同じ「老人福祉センター」で始まり、私も参加する。「若葉会」の幹事役は藤田　浩氏が務められた。

「若葉会」は三年間続き、平成二十二年に閉会するが、平成二十三年には地元の俳誌「さざなみ会」の一グループとして、「木曜会」がやはり地元の市民会館の中で行われていたので私もそれに参加したが、俳句の先生は同じ山岸吟月先生であった。

此のように、私の老後は一筋に山岸吟月先生を慕いながら俳句を続けて来たが、所謂「ホトトギス」の理念である、「花鳥諷詠」を大切にされる先生として、心から尊敬し、感謝の気持ちで一杯である。

第一回　麻生老人福祉センター（俳句講座）

平成十三年

またおいでと孫に電話す夜長かな　（特選）

観劇のあとの家路の夜長かな

枕辺に本をかさねて夜寒かな

親不知《おやしらず》　子不知《こしらず》釣瓶《つるべ》落しかな　（特選）

思い出の釣瓶落しの小樽かな

久しぶりに使ふ擂鉢とろろ汁

定年を迎へ静かに冬に入る

鎌倉の名所めぐりや小六月　（特選）

小春日の大船観音見えて来し

落葉籠ふくれたがる葉を尚つめる

思い出の支笏湖畔の焚火かな

水鳥に餌やる子等の写真とる

水鳥と遊ぶ親子の乳母車

水鳥や歩みに合わせ流れをり

平成十四年

先ず旅の予定書きこむ初暦

竹馬のあとを鶏ついてゆく

景品に貰ひし薄き種袋

駅までの並木道歩き春惜しむ

店員の法被《はっぴ》緑や新茶売る

茄子植うや苗のころより濃紫《こむらさき》

日をさけてゲートボールの夏帽子

子も親も夏帽子なる乳母車

時の日の神戸市庁の花時計　（特選）

時の日の天声人語時の記事　（特選）

老鶯や摩周湖畔の展望台　（特選）

老鶯や樹林果てなき軽井沢

高原の湖畔のホテル朝涼し

斧あげて蟷螂《とうろう》吾を見つめをり　（特選）

末枯《うらがれ》に雨降りやまず暮れゆきぬ

深秋や墨絵のごとき山の襞　（特選）

北風にバス待つ人の皆黙《もだ》る

北風に犬の散歩の小走りに

山眠り陶磁器の町静かなる　（特選）

ふところに温泉宿や山眠る

平成十五年

ゆっくりと七草粥を混ぜにけり

凍りたる釧路湿原鶴の里

故郷の富山の新米届きたり　（特選）

枝打ちの終わりし庭や後の月　（特選）

箱根山の同窓会の十三夜

片隅へ蒲団押しやり二次宴会　（特選）

干蒲団取りこみ日曜終りけり

平成十六年

着ぶくれてゲートボールに参加せり　（特選）

湯治客去りし湯の街虫の声

虫の声車去りたる駐車場

私の家内の小澤幸子も平成十三年から平成十六年まで俳句を楽しんだが平成十六年に病気のため亡くなった。

平成十三年　小澤幸子

懐かしき友より電話夜長かな　（特選）

子等帰り元の二人となる夜長　（特選）

夜寒さや旅のアルバム整理する

芦の湖の釣瓶落《つるべおと》しや遊覧船

香りよきつゆと薬味やとろろ汁

擂粉木の音軽やかにとろろ擂る

ベコニアの咲きたるままに冬に入る

小春日や小学校の運動場

小春日の東京ドームふっくらと

閉園の淋しさに降る落葉かな

平成十四年

鶴の絵に始まる今年の初暦

竹馬の子等の顔染め夕茜

種袋封切る時に香りけり

福袋耳にかざしてさらさらと

音楽と絵画のありて新茶汲む

友招き新茶に話はずみをり

（特選）

茄子苗を木箱に入れて持ち帰る

燕の子巣をはみ出してこぼれそう

亡き父のカンカン帽の姿かな

時の日や思い出深き腕時計

湖を見渡す宿や夕涼し

しずかさやすずっと蟷螂《とうろう》立ち上がり

末枯《うらがれ》の遠くに滝の見えてきし

小春日の犬に遊んで貰いをり　（特選）

小春日に大切なもの整理して

南瓜入れ母懐かしきおじやかな

北風に自動扉の開《あ》き渋る　（特選）

故郷の北国日和山眠る　（特選）

平成十五年

七草に幸せ願う緑色

煙突の煙静かに月凍つる

探梅や湯本の駅に待ち合わせ　（特選）

探梅の誘いに心ふくらませ

坂道をころげゆく子や風車

今年また生きる喜び更衣

京都より届きし筍良い香り

見てごらんと友より電話十三夜

老夫婦手伝い合いて蒲団干す

ふっくらと干したる蒲団に良く眠り

白障子めぐらせ座敷静かなる

平成十六年

銀座ゆく人の影にも春近し

第二回　麻生老人福祉センター（若葉会）

平成二十年

逃げ水を追いて着きたり日本海　（特選）

逃げ水の高速おりれば軽井沢

逃げ水や車中に流る孫の童謡《うた》

石楠花《しゃくなげ》のしずかに咲くや山の宿

裏山の石楠花《しゃくなげ》咲ける旧家かな

卯波寄せ海のにぎわう由比ヶ浜

卯波立ちウィンドサーフィン滑りゆく

枇杷の実の傷まぬやうに箱に詰め

房州に育ちし枇杷の果肉かな

うどん屋の昔懐かし青簾

簾より寿司屋の亭主あらわれり

端居してゲートボールの誘い受く

予定メモ増えるばかりの残暑かな　（特選）

アルプスの富山平野の添水《そうず》かな

五重の塔見上げる鹿や奈良の街

鹿と目がやっと合いしにそらしけり

平成二十一年

細々と我が家の飾焚いてをり

佐渡島よこたう浜の若布干し

能登深き七尾の浜の若布売り

着陸の窓一面に麦の秋　（特選）

ロマンスカー音なく走る麦の秋

鯉のぼり見上げる子等の瞳かな

梅雨晴れや犬の散歩の声聞こえ

のんびりと鴉の啼くや梅雨晴間

思い出のドイツミュンヘンビヤホール

秋涼し窓を開きて先ず新聞

夕鵙《もず》や人影のなき山の寺

江ノ電の海辺を走る小春かな　（特選）

英検の受験に励む木の葉髪

懐手してゲートボールを見てをりぬ

冬晴の富士見えて来しゴルフ場

平成二十二年

寒明《かんあけ》や犬の散歩の声はずみ

公園の入り口に咲く菫草

躑躅咲く今を盛りとバス通り

立山《たち》を背に富山平野の青田かな　（特選）

北陸の荒波のぞみ青田かな

アルプスの山波遠く稲光　（特選）

走り去る車窓の景に稲の花

新涼や阿寒湖畔のホテル群　（特選）

新涼や眼下に碧き河口湖　（特選）

法師蝉鳴くや鶏首かしげ

うとうとと朝の寝覚めの法師蝉

秋めくや湖上の白き海賊船

故郷に颱風向かうと電話する

初冬の湖畔の富士の夕茜　（特選）

初冬の房総半島一望に

鋤《すき》焼《やき》や三重松阪の牛の肉

遊ぶ子と話をしながら毛糸編む

寒林を見下ろし登るロープウェイ

第三回　麻生市民会館（二階）（木曜会）

平成二十三年

しずまれる摩周湖畔の朧月

朝刊をとりて子雀いとおしむ

名月や阿寒湖畔の露天風呂

秋惜しむ美幌峠に人まばら

平成二十四年

くっきりとスカイツリーの冴え返る　（特選）

底知れぬ空の碧さや風冴える　（特選）

江東区にある芭蕉記念館分館を訪ねた（さざなみ句会）の人達。
右から３番目の立っている人が山岸吟月先生。後は芭蕉翁の像。
平成 28 年 10 月 26 日

江東区・芭蕉記念館分館の芭蕉翁を訪ねた小澤久彌
平成 30 年 7 月 7 日

丸の内 JP タワー
平成 24 年に「丸の内 JP タワー」が新設されたが、吉田鉄郎先生設計の東京中央郵便局は貴重な建物として表側の大部分が残された。
尚この建物は大成建設（株）により施工されたが、偶々私の長男（小澤太郎）もその担当社員の一人として参加出来た事は、私の吉田鉄郎先生への思いと共に、深い喜びであった。
（東京駅前丸の内側）

池田武邦社長　（株）日本設計事務所
昭和 20 年頃、日本海軍最後の巡洋艦「矢矧」の艦橋乗務員として戦艦「大和」を護衛し、敵艦載機と死闘の末に「矢矧」は沈没したが、幸いにも生き残り九州佐世保に生還された。

戦後、建築の道に進み、（株）日本設計事務所を創設し、2017 年 9 月 1 日に創立 50 周年を迎えた。（株）日本設計事務所に私（小澤）は 57 才から 65 才まで就職。

大内照之社長（株）常和興産
日本興業銀行入行後、ニューヨーク支店長、常務、世界銀行副総裁を歴任後、常和興産（株）社長に就任された。常和興産（株）に 私（小澤）は 65 才から 76 才まで就職。

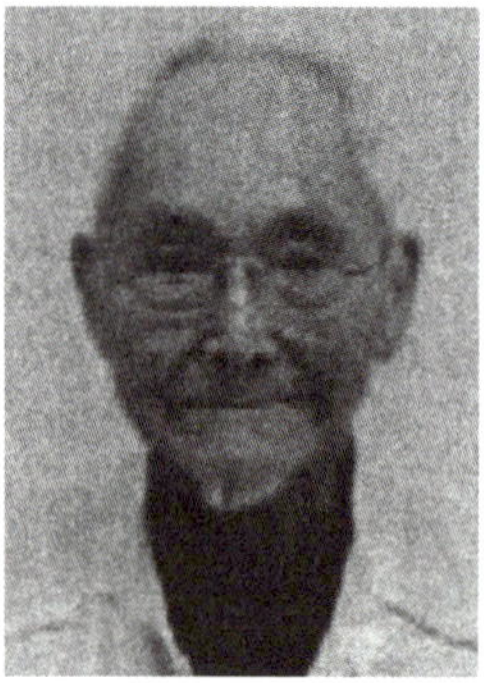

武田信彦専務取締役（株）日本設計事務所
東京の麻布中学校の同窓生。昭和 57 年に私が大成建設（株）を定年退職の時にご推薦を戴き（株）日本設計事務所に入社し、又昭和 65 年に（株）日本設計事務所を定年退職の時にもご推薦を戴き、（株）常和興産に入社出来た。私の恩人である。

秋本不二春氏

小澤久彌

高田　威氏

田尻陸夫氏

大成建設（株）在勤中に俳句会で
お世話になった人たち（平成 25 年頃）

あとがき

私は少年の頃から詩歌に優れた叔父様の御蔭で、俳句を楽しみながら人生を過し、そして又此の俳句の御蔭で立派な先生方に巡り会う事が出来た。大変に幸せであったと心から感謝している。

先ずその最初は、昭和二十八年頃、俳句会で御一緒した大成建設（株）の当時の設計部長の清水一様の御推薦により、同社の設計部に入社出来た事である。

そして歴史ある「とんぼ句会」にも入会し、錚々たる先輩方から「とんぼ句会」特有の俳句を教えて戴きながら永い会社生活を送る事が出来た事は、私の人生最大の幸せであったと思う。

又昭和五十七年に大成建設（株）を定年退社した後も、同社横浜支店の「麦の芽句会」に入れて戴き、高浜虚子先生の六女である上野章子先生に師事した時は、恰も高浜虚子先生に直接俳句を教えて戴いているような嬉しい思いをしたものであった。

その後晩年には、私の地元で教えて戴いた山岸吟月先生は、私が昔旅行した事のある北海道の摩周湖を偲んで作った俳句を「特選」にとって戴いた時に、「私も摩周湖には行っ

別に御褒め戴き嬉しい思いをした俳句である。

第六句と第七句は、上野章子先生が御老令の為御止めになる頃の、平成四年と平成五年の十二月に「特選」に選ばれた思い出の深い俳句である。

第八句は、平成七年に初めて女の子の孫が生まれた事が嬉しくて作った俳句であるが、当時の東京駅の地下商店街の俳句展示会に選ばれた思い出深い俳句である。

第九句と第十句は平成十三年と平成十四年に、地元の山岸吟月先生に「特選」に選ばれ、特別に御褒めを戴いた懐かしい俳句である。

尚大成建設（株）に在勤中の永い間、「とんぼ句会」の幹事役を一手に引き受けて御世話下さった秋本不二春氏、そして「どんぐり句会」の田尻陸夫氏、更に私の退社後も、「麦の芽句会」に御誘い下さり色々と御世話して下さった高田　威氏と、千野孝女様に感謝申し上げたいと思う。

そしてこの本の出版にあたり何かと御指導下さった遊人工房の飯嶋　清様と森谷　聡様に対して、心から御礼を申し上げたいと思う。

二〇一九年

小澤久彌

小澤久彌（おざわ きゅうや）
1924年　富山県生まれ、東京育ち。
昭和19年９月　北海道大学工学部機械科入学。
病気のため中途退学。
病気回復後、日本大学工学部建築科に編入学し、
建築家 吉田鉄郎教授に学ぶ。昭和26年３月卒業。
島藤建設（株）、大成建設（株）設計部を経て
（株）日本設計事務所、常和興産（株）に勤務。
建築家吉田鉄郎設計の東京中央郵便局保存運動に参加。

朝涼し

発行日　二〇一九年二月二二日
著者　小澤 久彌
発行所　遊人工房
〒141-0001 東京都品川区北品川五・六・一六・六〇五
☎〇三・五七九一・四三九一

ISBN978-4-903434-93-3
C0092　￥1200E